La cautiva - El matadero

ESTEBAN ECHEVERRÍA

La cautiva
El matadero

AGEBE

Echeverría, Esteban
El matadero la cautiva. – 1° ed. – Buenos Aires : Agebe, 2004.
128 p. ; 18x12 cm.

ISBN 987-1165-21-8

1. Narrativa Argentina. I. Título
CDD A863

Av. San Juan 3337
Tel.: 4932-4335
Buenos Aires, Argentina

Diseño interior: Nicolás Fagioli
Diseño de tapa: Agustín Blanco

ISBN 987-1165-21-8

Queda hecho el depósito que marca la ley 11.723
Impreso en la Argentina

Esteban Echeverría (1805-1851)

La cautiva

Female hearts are such a genial
soil For kinder feelings,
whatsoe'er their nation. They
naturally pour the 'wine and
oil' Samaritans in every situation.

Byron

Primera parte

El desierto

Ils vont. L'espace est grand.

Hugo

Era la tarde, y la hora
en que el sol la cresta dora
de los Andes. El desierto
inconmensurable, abierto
y misterioso a sus pies
se extiende, triste el semblante,
solitario y taciturno
como el mar, cuando un instante
el crepúsculo nocturno,
pone rienda a su altivez.

Gira en vano, reconcentra
su inmensidad, y no encuentra
la vista, en su vivo anhelo,
do fijar su fugaz vuelo,
como el pájaro en el mar.
Doquier campos y heredades
del ave y bruto guaridas;
doquier cielo y soledades
de Dios sólo conocidas,
que Él sólo puede sondar.

A veces la tribu errante,
sobre el potro rozagante
cuyas crines altaneras
flotan al viento ligeras,
lo cruza cual torbellino,
y pasa; o su toldería
sobre la grama frondosa
asienta, esperando el día
duerme, tranquila reposa,
sigue veloz su camino.

¡Cuántas, cuántas maravillas
sublimes y al par sencillas
sembró la fecunda mano
de Dios allí! ¡Cuánto arcano
que no es dado al mundo ver!
La humilde hierba, el insecto,
la aura aromática y pura,
el silencio, el triste aspecto
de la grandiosa llanura,
el pálido anochecer,

las armonías del viento
dicen más al pensamiento
que todo cuanto a porfía
la vana filosofía
pretende, altiva, enseñar.
¿Qué pincel podrá pintarlas
sin deslucir su belleza?
¿Qué lengua humana alabarlas?
Sólo el genio su grandeza
puede sentir y admirar.

Ya el sol su nítida frente
reclinaba en occidente,
derramando por la esfera
de su rubia cabellera
el desmayado fulgor,
Sereno y diáfano el cielo,
sobre la gala verdosa
de la llanura, azul velo
esparcía, misteriosa
sombra dando a su color.

El aura moviendo apenas
sus olas de aroma llenas,
entre la hierba bullía
del campo que parecía
como un piélago ondear,
y la tierra, contemplando
del astro rey la partida,
callaba, manifestando,
como en una despedida,
en su semblante pesar.

Sólo a ratos, altanero
relinchaba un bruto fiero
aquí o allá, en la campaña:
bramaba un toro de saña,
rugía un tigre feroz;
o las nubes contemplando,
cómo extático gozoso,
el yajá, de cuando en cuando,
turbaba el mudo reposo
con su fatídica voz.

Se puso el sol; parecía
que el vasto horizonte ardía:
la silenciosa llanura
fue quedando más oscura,
más pardo el cielo, y en él,
con luz trémula brillaba
una que otra estrella, y luego
a los ojos se ocultaba,
como vacilante fuego
en soberbio chapitel.

El crepúsculo, entretanto,
con su claroscuro manto,
veló la tierra; una faja,
negra como una mortaja,
el occidente cubrió;
mientras la noche bajando
lenta venía, la calma
que contempla suspirando,
inquieta a veces el alma,
con el silencio reinó.

Entonces, como el ruido
que suele hacer el tronido
cuando retumba lejano,
se oyó en el tranquilo llano
sordo y confuso clamor;
se perdió... y luego violento,
como baladro espantoso
de turba inmensa, en el viento
se dilató sonoroso,
dando a los brutos pavor.

Bajo la planta sonante
del ágil potro arrogante
el duro suelo temblaba,
y envuelto en polvo cruzaba
como animado tropel,
velozmente cabalgando.
Víanse lanzas agudas,
cabezas, crines ondeando;
y como formas desnudas
de aspecto extraño y cruel.

¿Quién es? ¿Qué insensata turba
con su alarido perturba
las calladas soledades
de Dios, do las tempestades
sólo se oyen resonar?
¿Qué humana planta orgullosa
se atreve a hollar el desierto
cuando todo en él reposa?
¿Quién viene seguro puerto
en sus yermos a buscar?

¡Oíd! Ya se acerca el bando
de salvajes, atronando
todo el campo convecino.
¡Mirad! Como torbellino
hiende el espacio veloz;
el fiero ímpetu no enfrena
del bruto que arroja espuma
vaga al viento su melena,
y con ligereza suma
pasa en ademán atroz.

¿Dónde va? ¿De dónde viene?
¿De qué su gozo proviene?
¿Por qué grita, corre, vuela,
clavando al bruto la espuela,
sin mirar alrededor?
¡Ved que las pumas ufanas
de sus lanzas, por despojos,
llevan cabezas humanas,
cuyos inflamados ojos
respiran aún furor!

Así el bárbaro hace ultraje
al indomable coraje
que abatió su alevosía.
y su rencor todavía
mira, con torpe placer
las cabezas, que corlaron
sus inhumanos cuchillos.
exclamando: "Ya pagaron
del cristiano, los caudillos
el feudo a nuestro poder.

Ya los ranchos do vivieron
presa de las llamas fueron
y muerde el polvo abatida
su pujanza tan erguida.
¿Dónde sus bravos están?
Vengan hoy del vituperio
sus mujeres, sus infantes.
que gimen en cautiverio

a libertar, y como antes
nuestras lanzas probarán".

Tal decía, y bajo el callo
del indómito caballo
crujiendo el suelo temblaba;
hueco y sordo retumbaba
su grito en la soledad,
mientras la noche, cubierto
el rostro en manto nubloso.
echó en el vasto desierto
su silencio pavoroso,
su sombría majestad.

Segunda parte

El festín

...orrihili favelle,
parole di dolore, accenti d'ira,
voci alte e fioche, e suon di man
con elle
facevan un tumulto...

Dante

Noche es el vasto horizonte.
noche el aire, cielo y tierra;
parece haber apiñado
el genio de las tinieblas,
para algún misterio inmundo.
sobre la llanura inmensa,
la lobreguez del abismo
donde inalterable reina.
Sólo inquietos divagando,
por entre las sombras negras
los espíritus foletos
con viva luz reverberan,
se disipan, reaparecen,
vienen, van, brillan, se alejan,
mientras el insecto chilla,
y en fachinales o cuevas.
los nocturnos animales
con triste aullido se quejan.

La tribu aleve, entretanto.
allá en la pampa desierta
donde el cristiano atrevido
jamás estampa la huella,
ha reprimido del bruto
la estrepitosa carrera;
y campo tiene fecundo
al pie de una loma extensa,
lugar hermoso do a veces
sus tolderías asienta.
Feliz la maloca ha sido;
rica y de estima la presa
que arrebató a los cristianos:
caballos, potros y yeguas,
bienes que en su vida errante
ella más que el oro aprecia;
muchedumbre de cautivas,
todas jóvenes y bellas.
Sus caballos, en manadas,
pacen la tragante hierba,
y al lazo, algunos prendidos,
a la pica o la manea,
de sus indolentes amos
el grito de alarma esperan,
Y no lejos de la turba.
que charla ufana y hambrienta.
atado entre cuatro lanzas.
como víctima en reserva,
noble espíritu valiente
mira vacilar su estrella;
al paso que su infortunio

sin esperanza, lamentan.
rememorando su hogar.
los infantes y las hembras.
Arden ya en medio del campo
cuatro extendidas hogueras
cuyas vivas llamaradas
irradiando, colorean
el tenebroso recinto
donde la chusma hormiguea.
En tomo al fuego sentados
unos lo atizan y ceban;
otros la jugosa carne
al rescoldo o llama tuestan;
aquél come. éste destriza,
más allá alguno degüella.
con afilado cuchillo
la yegua al lazo sujeta,
y a la boca de la herida
por donde ronca y resuella
y a borbollones arroja
la caliente sangre fuera,
en pie, trémula y convulsa,
dos o tres indios se pegan
como sedientos vampiros,
sorben, chupan, saborean
la sangre, haciendo murmullo,
y de sangre se rellenan.
Baja el pescuezo, vacila.
y se desploma la yegua
con aplausos de las indias
que a descuartizarla empiezan.

Arden en medio del campo,
con viva luz las hogueras;
sopla el viento de la pampa
y el humo y las chispas vuelan.
A la charla interrumpida.
cuando el hambre está repleta.
sigue el cordial regocijo,
el beberaje y la gresca,
que apetecen los varones
y las mujeres detestan,
El licor espirituoso
en grandes bacías echan,
y. tendidos de barriga
en derredor, la cabeza
meten sedientos, y apuran
el apetecido néctar
que, bien pronto, los convierte
en abominables fieras.
Cuando algún indio medio ebrio,
tenaz metiendo la lengua
sigue en la preciosa fuente.
y beber también no deja
a los que aguijan furiosos,
otro viene, de las piernas
lo agarra, tira y arrastra,
y en lugar suyo se espeta.
Así bebe, ríe. canta,
y al regocijo sin rienda
se da la tribu: Aquel ebrio
se levanta, bambolea,
a plomo cae, y gruñendo

como animal se revuelca,
éste chilla, algunos lloran,
y otros a beber empiezan.
De la chusma toda, al cabo,
la embriaguez se enseñorea
y hace andar en remolino
sus delirantes cabezas,
Entonces empieza el bullicio
y la algazara tremenda,
el infernal alarido
y las voces lastimeras,
mientras sin alivio lloran
las cautivas miserables
y los ternezuelos niños.
al ver llorar a sus madres,
Las hogueras entretanto
en la obscuridad flamean.
y a los pintados semblantes
y a las largas cabelleras
de aquellos indios beodos
da su vislumbre siniestra
colorido tan extraño,
traza tan horrible y fea.
que parecen del abismo
precita, inmunda ralea,
entregada al torpe gozo
de la sabática fiesta,
Todos en silencio escuchan;
una voz entona recia
las heroicas alabanzas
y los cantos de la guerra:

"Guerra, guerra y exterminio
al tiránico dominio
del Huinca; engañosa paz:
devore el fuego sus ranchos;
que en su vientre los caranchos
ceben el pico voraz.
Oyó gritos el caudillo,
y en su fogoso bordillo

salió Brián;
pocos eran y él delante
venía, al bruto arrogante,
dio una lanzada Quillán;
lo cargó al punto la indiada
con la fulminante espada
se alzó Brián;
grandes sus ojos brillaron,
y las cabezas rodaron
de Quitur y Callupán.
Echando espuma y herido.
como toro enfurecido

se encaró.
ceño torvo revolviendo
y el acero sacudiendo
nadie acometerle osó.
Valichú estaba en su brazo,
pero al golpe de un bolazo

cayó Brián.
Como potro en la llanura:

cebo en su cuerpo y hartura
encontrará el gavilán.

Las armas cobarde entrega
el que vivir quiere esclavo.
pero el indio guapo no:
Chañil murió como bravo,
batallando en la refriega
de una lanzada murió.

Salió Brián airado
blandiendo la lanza
con fiera pujanza
Chañil lo embistió;
del pecho clavado
en el hierro agudo.
con brazo forzudo,
Brián lo levantó.
Funeral sangriento
ya tuvo en el llano;
ni un solo cristiano
con vida escapó.
¡Fatal vencimiento!
Lloremos la muerte
del indio más fuerte
que la pampa crió."

Quienes su pérdida lloran,
quienes sus hazañas mentan.
Óyense voces contusas,
medio articuladas quejas.

baladres cuyo son ronco
en la llanura resuena.

De repente todos callan
y un solo murmullo reina,
semejante al de la brisa
cuando rebulle en la selva;
pero, gritando, algún indio
en la boca se palmea,
y el disonante alarido
otra vez el campo atruena.
El indeleble recuerdo
de las pasadas ofensas
se aviva en su ánimo entonces.
y, atizando su fiereza.
al rencor adormecido
y a la venganza subleva;
en su mano los cuchillos,
a la luz de las hogueras
llevando muerte relucen;
se ultrajan, riñen, vocean,
como animales feroces
se despedazan y bregan.
Y asombradas, las cautivas
la carnicería horrenda
miran, y a Dios en silencio
humildes preces elevan.
Sus mujeres, entretanto,
cuya vigilancia tierna
en las horas del peligro
siempre cautelosa vela,

acorren luego a calmar
el frenesí que los ciega,
ya con ruegos y palabras
de amor y eficacia llenas,
ya interponiendo su cuerpo
entre las armas sangrientas.
Ellos resisten y luchan,
las desoyen y atropellan
lanzando injuriosos gritos.
y los cuchillos no sueltan
sino cuando, ya rendida
su natural fortaleza
a la embriaguez y al cansancio,
dobla el cuello y cae por tierra.
Al tumulto y la matanza
sigue el llorar de las hembras
por sus maridos y deudos;
las lastimosas endechas,
a [a. abundancia pasada,
a la presente miseria,
a las víctimas queridas
de aquella noche funesta.

Pronto un profundo silencio
hace a los lamentos tregua.
interrumpido por ayes
de moribundos, o quejas,
risas, gruñir sofocado
de la embriagada torpeza;
al espantoso ronquido
de los que durmiendo sueñan,
los gemidos infantiles

del ñacurutú se mezclan;
chillidos, aúllos tristes
del lobo que anda a la presa;
de cadáveres, de troncos,
miembros, sangre y osamentas,
entremezclados con vivos,
cubierto aquel campo queda,
donde poco antes la tribu
llegó alegre y tan soberbia.
La noche, en tanto camina
triste, encapotada y negra;
y la desmayada luz
de las festivas hogueras.
sólo alumbra los estragos
de aquella bárbara fiesta.

Tercera parte

El puñal

Yo iba a morir, es verdad,
entre bárbaros crueles.
y allí el pesar me mataba
di; morir, mi bien sin verle.
A liarme la vida tú
saliste, hermosa y valiente.

Calderón

Yace en el campo tendida
cual si estuviera sin vida
ebria la salvaje turba,
y ningún ruido perturba
su sueño o sopor mortal.
Varones y hembras mezclados,
todos duermen sosegados.
Sólo. en vano tal vez, velan
los que liberarse anhelan
del cautiverio fatal

Paran la oreja bufando
los caballos que vagando
libres despuntan la grama;
y a la moribunda llama
de las hogueras se ve,
se ve sola y taciturna,

símil a sombra nocturna,
moverse una forma humana
como quien lucha y se afana
y oprime algo bajo el pie.

Se oye luego triste aúllo,
y horrisonante murmullo,
semejante al del novillo
cuando el filoso cuchillo
lo degüella sin piedad,
y por la herida resuella,
y aliento y vivir por ella,
sangre hirviendo a borbollones.
en horribles convulsiones
lanza con velocidad.

Silencio, ya el paso leve
por entre la hierba mueve,
como quien busca y no atina
y temeroso camina
de ser visto o tropezar,
una mujer; en la diestra
un puñal sangriento muestra;
sus largos cabellos flotan
desgreñados, y denotan
de su ánimo el batallar.

Ella va. Toda es oídos;
sobre salvajes dormidos
va pasando. Escucha, mira.
se para. apenas respira,

y vuelve de nuevo a andar.
Ella marcha, y sus miradas
vagan en torno azoradas.
cual si creyesen ilusas
en las tinieblas confusas
mil espectros divisar.

Ella va; y aun de su sombra
como el criminal, se asombra;
alza, inclina la cabeza;
pero en un cráneo tropieza
y queda al punto mortal,
Un cuerpo gruñe y resuella,
y se revuelve..., mas ella
cobra espíritu y coraje,
y en el pecho del salvaje
clava el agudo puñal.

El indio dormido expira,
y ella veloz se retira
de allí, y anda con más tino
la rigurosa crueldad.
arrostrando del Destino
un instinto poderoso.
un afecto generoso
la impele y guía segura,
como luz de estrella pura.
por aquella obscuridad.

Su corazón de alegría
palpita. Lo que quería,

lo que buscaba con ansia
su amorosa vigilancia
encontró gozosa al fin.
Allí, allí está su universo,
de su alma el espejo terso.
su amor esperanza y vida;
allí contempla embebida
su terrestre serafín.

—Brián —dice—, mi Brián querido,
busca durmiendo el olvido;
quizá ni soñando espera
que yo entre esta gente fiera
le venga a favorecer.
Lleno de heridas, cautivo,
no abate su ánimo altivo
la desgracia, y satisfecho
descansa, como en su lecho,
sin esperar ni temer.

Sus verdugos, sin embargo,
para hacerle más amargo
de la muerte el pensamiento,
deleitarse en su tormento,
y más su rencor cebar
prolongando su agonía,
la vida suya, que es mía,
guardaron, cuando triunfantes
hasta los tiernos infantes
osaron despedazar,

arrancándolos del seno
de sus madres —¡día lleno
de execración y amargura,
en que murió mi ventura,
tu memoria me da horror!—
Así dijo. y ya no siente
ni llora, porque la fuente
del sentimiento fecunda
que el femenil pecho inunda.
consumió el voraz dolor.

Y el amor y la venganza
en su corazón alianza
han hecho, y sólo una idea
tiene fija y saborea
su ardiente imaginación.
Absorta el alma, en delirio
lleno de gozo y martirio
queda, hasta que al fin estalla
como volcán, y se explaya
la lava del corazón.

Allí está su amante herido.
mirando al cielo, y ceñido
el cuerpo con duros lazos.
abierto', en cruz los brazos,
ligados manos y pies.
Cautivo está, pero duerme;
inmoble, sin fuerza, inerme
yace su brazo invencible;

de la pampa el león terrible
presa de los buitres es.

Allí, de la tribu impía,
esperando con el día
horrible muerte, está el hombre
cuya fama, cuyo nombre
era, al bárbaro traidor,
más temible que el zumbido
del hierro o plomo encendido;
más aciago y espantoso
que el Valichú rencoroso
a quien ataca su error.

Allí está; silenciosa ella,
como tímida doncella,
besa su entreabierta boca,
cual si dudara le toca
por ver si respira aún.
Entonces las ataduras
que sus carnes roen duras,
corta; corta velozmente
con su puñal obediente.
tenido en sangre común.

Brián despierta; su alma fuerte,
conforme ya con su suerte,
no se conturba ni azora;
poco a poco se incorpora,
mira sereno, y cree ver
un asesino; echan fuego

sus ojos de ira; mas luego
se siente libre, y se calma,
y dice: —¿Eres alguna alma
que pueda y deba querer?
¿Eres espíritu errante
angel bueno o vacilante
parto de mi fantasía?
—Mi vulgar nombre es María
ángel de tu guardia soy
y mientras cobra pujanza,
ebria la feroz venganza
de los bárbaros segura
en aquesta noche obscura,
velando a tu lado estoy.

Nada tema tu congoja.—
Y enajenada se arroja
de su querido en los brazos,
le da mil besos y abrazos,
repitiendo: —Brián, mi Brián.—
La alma heroica del guerrero
siente el gozo lisonjero
por sus miembros doloridos
correr, y que sus sentidos
libres de ilusión están.

Y en labios de su querida
apura aliento de vida,
y la estrecha cariñoso
y en éxtasis amoroso
ambos respiran así.

Mas, súbito él la separa,
como si en su alma brotara
horrible idea, y la dice:
—María, soy infelice,
ya no eres digna de mí.

Del salvaje la torpeza
habrá ajado la pureza
de tu honor, y mancillado
tu cuerpo santificado
por mi cariño y amor;
ya no me es dado quererte.—
Ella le responde: —Advierte,
que en este acero está escrito
mi pureza y mi delito,
mi ternura y mi valor.

Mira este puñal sangriento,
y saltará de contento
tu corazón orgulloso;
diómele amor poderoso
diómelo para malar
al salvaje que insolente
ultrajar mi honor intente,
para, a un tiempo, de mi padre,
de mi hijo tierno y mi madre
la injusta muerte vengar;

y tu vida. más preciosa
que la luz del sol hermosa,
sacar de las fieras manos
de estos tigres inhumanos,

o contigo perecer.
Loncoy, el cacique altivo
cuya saña al atractivo
se rindió de estos mis ojos,
y quiso entre sus despojos
de Brián la querida ver,
después de haber mutilado
a su hijo tierno, anegado
en su sangre yace. impura
sueño infernal su alma apura;
dióle muerte este puñal.
Levanta, mi Brián, levanta,
sigue, sigue mi ágil planta;
huyamos de esta guarida
donde la turba se anida
mas inhumana y fatal,—

—¿Pero adonde, adonde iremos?
¿Por fortuna encontraremos
en la pampa algún asilo
donde nuestro amor tranquilo
logre burlar su furor?
¿Podremos, sin ser sentidos,
escapar, y desvalidos,
caminar a pie, y jadeando,
con el hambre y sed luchando,
el cansancio y el dolor?—

—Sí, el anchuroso desierto
más de un abrigo encubierto
ofrece, y la densa niebla,

que el cielo y la tierra puebla,
nuestra fuga ocultará.
Brián, cuando aparezca et día,
palpitantes de alegría
lejos de aquí ya estaremos
y el alimento hallaremos
que el Cielo al infeliz da.

—Tú podrás, querida amiga,
hacer rostro a la fatiga,
mas yo. llagado y herido,
débil, exangüe, abatido,
¿cómo podré resistir”
Huye tú, mujer sublime,
y del oprobio redime
tu vivir predestinado;
deja a Brián infortunado,
solo, en tormentos morir.

—No, no, tú vendrás conmigo,
o pereceré contigo.
De la amada patria nuestra
escudo fuerte es tu diestra,
y, ¿qué vale una mujer?
Huyamos, tú de la muerte,
yo de la oprobiosa suerte
de los esclavos. Propicio
el Cielo este beneficio
nos ha querido ofrecer.

No insensatos lo perdamos:
huyamos, mi Brián, huyamos;
que en el áspero camino,
mi brazo, y poder divino
te servirán de sostén.
—Tu valor me infunde fuerza,
y de la fortuna adversa,
amor, gloria o agonía,
participar con María
yo quiero. Huyamos; ven, ven.—

Dice Brián y se levanta;
el dolor traba suplanta,
mas devora el sufrimiento,
v ambos caminan a tiento
por aquella obscuridad.
Tristes van; de cuando en cuando
la vista al Cielo llevando,
que da esperanza al que gime.
¿Qué busca su alma sublime,
la muerte o la libertad?

—Y en esta noche sombría,
¿quién nos servirá de guía?
—Brián. ¿no ves allá una·estrella
que entro dos nubes centella.
cual benigno astro de amor?
Pues ésa es por Dios enviada,
como la nube encamada

que vio Israel prodigiosa;
sigamos la senda hermosa
que nos muestra su fulgor.

Ella del triste desierto
nos llevará a feliz puerto.—
Allá van. Solas perdidas,
como dos sombras queridas
que amor en la tierra unió
y en la misma forma de antes,
andan por la noche errantes,
con la memoria hechicera
del bien que en su primavera
la desdicha les robó.
Ellos van. Vasto, profundo
como el páramo del mundo
misterioso es el que pisan.
Mil fantasmas se divisan.
mil formas vanas allí.
que la sangre joven hielan:
mas ellos vivir anhelan.
Brián desmaya caminando,
y el cielo otra vez mirando
dice a su querida así:

—Mira: ¿no ves? La luz bella
de nuestra polar estrella
de nuevo se ha obscurecido;
y el cielo más denegrido
nos anuncia algo fatal,
—Cuando contrario el Destino

nos cierre, Brián, el camino,
antes de volver a manos
de esos indios inhumanos,
nos queda algo: ¡este puñal!

Cuarta parte

La alborada

Già la terra e coperta d'uccisi:
Tutta e sangue la vasta pianura...

Manzoni

Todo estaba silencioso:
la brisa de la mañana
recién la hierba lozana
acariciaba, y la flor;
y en el oriente nubloso,
la luz apenas rayando,
iba et campo matizando
de claroscuro verdor.

Posaba el ave en su nido:
ni del pájaro se oía
la variada melodía.
música que al alba da;
y sólo al ronco bufido
de algún potro que se azora
mezclaba su voz sonora
el agorero yajá.

En el campo de la holganza,
su la techumbre del cielo,
libre, ajena de recelo
dormía la tribu infiel;
mas la terrible venganza
de su constante enemigo
alerta estaba, y castigo
le preparaba cruel.

Súbito, al trote asomaron
sobre la extendida loma
dos jinetes, como asoma
el astuto cazador;
y al pie de ella divisaron
la chusma quieta y dormida.
y volviendo atrás la brida
fueron a dar el clamor

de alarma al campo cristiano.
Pronto en brutos altaneros
un escuadrón de lanceros
trotando allí se acercó.
con acero y lanza en mano;
y en hileras dividido,
al indio, no apercibido,
en doble muro encerró.

Entonces, el grito
"¡Cristiano! ¡cristiano!"
resuena en el llano,
"¡Cristiano! ", repite confuso clamor.

La turba que duerme despierta turbada,
clamando azorada:
"¡Cristiano nos cerca,
cristiano traidor!"

Niños y mujeres, llenos de conflito,
levantan el grito;
sus almas conturba la tribulación;
los unos pasmados
al peligro horrendo.
los otros huyendo,
corren, gritan, llevan
miedo y confusión.

Quien salta al caballo que encontró primero,
quien toma el acero,
quien corre su potro querido a buscar;
mas ya la llanura
cruzan desbandadas
yeguas y manadas
que el cauto enemigo
las hizo espantar.

En trance tan duro
los carga el cristiano,
blandiendo en su mano
la terrible lanza, que no da cuartel.
Los indios más bravos
luchando resisten;
cual fieras embisten:
El brazo difunde matanza cruel.

El sol aparece; las armas agudas
relucen desnudas.
horrible la muerte se muestra doquier.
En lomos del bruto, la tuerza y coraje
crece del salvaje;
sin su apoyo, inerme se deja vencer.

Pie en tierra poniendo,
la fácil victoria.
que no le da gloria.
prosigue el cristiano
lleno de rencor.
Caen luego caciques,
soberbios caudillos;
los fieros cuchillos
degüellan, degüellan
sin sentir horror.

Los ayes, los gritos,
clamor del que llora,
gemir del que implora,
puesto de rodillas,
en vano piedad...
todo se confunde:
del plomo el silbido,
del hierro el crujido,
que ciego no acata
ni sexo ni edad.

Horrible, horrible matanza
hizo el cristiano aquel día;

ni hembra, ni varón, ni cría
de aquella tribu quedo.
La inexorable venganza
siguió el paso a la perfidia,
y en fácil y breve lidia
su cerviz al hierro dio.

Vióse la hierba tenida
de sangre hedionda, y sembrado
de cadáveres el prado
donde resonó el festín.
Y del sueno de la vida
al de la muerte pasaron
los que poco antes se holgaron
sin temer aciago fin.

Las cautivas derraamaban
lágrimas de regocijo;
una al esposo, otra al hijo
debió allí la libertad;
pero ellos tristes estaban.
porque ni vivo ni muerto
halló a Brián. en el desierto,
su valor y su lealtad.

Quinta parte

El pajonal

> *...e lo spirito lasso*
> *conforta, e ciba di speranza buona.*
>
> Dante

Así, huyendo a la ventura.
ambos a pie divagaron
por la lóbrega llanura,
y al salir la luz del día
a corto trecho se hallaron
de un inmenso pajonal.
Brián, debilitado, herido,
a la fatiga rendido,
la plañía apenas movía;
su angustia era sin igual.

Pero un ángel, su querida,
siempre a su lado velaba,
y el espíritu y la vida
que su alma heroica anidaba,
le infundía, al parecer,
con miradas cariñosas,
voces del alma profundas
que debieran ser eternas,
y aquellas palabras tiernas
o armonías misteriosas

que solo manan fecundas
del labio de la mujer.

Temerosos del salvaje,
acogiéronse al abrigo
de aquel pajonal amigo,
para de nuevo su viaje
por la noche continuar;
descansar allí un momento,
y refrigerio y sustento
a la flaqueza buscar.

Era el adusto verano:
ardiente el sol como fragua,
en cenagoso pantano
convertido había el agua
allí estancada, y los peces,
los animales inmundos
que aquel bañado habitaban,
muertos el aire infectaban,
o entre las impuras heces
aparecían a veces
boqueando moribundos,
como del cielo implorando
agua y aire. Aquí se vía
el voraz, cuervo, tragando
lo más asqueroso y vil
allí la blanca cigüeña,
el pescuezo corvo alzando,
en su largo pico enseña
el tronco de algún reptil.

Más allá se ve al carancho,
que jamás presa desdeña
con pico en forma de gancho
de la aspirante alimaña,
sajar la fétida entraña.
Y en aquel páramo yerto,
donde a buscar como a puerto
refrigerio, van errantes
Brián y María anhelantes,
sólo divisan sus ojos
feos, inmundos despojos
de la muerte. ¡Qué destino
como el suyo miserable!
Si en aquel instante vino
la memoria perdurable
de la pasada ventura
a turbar su fantasía,
¡cuán amarga les sería!
¡Cuan triste, yerma y obscura!

Pero con pecho animoso
en el lodo pegajoso
penetraron, ya cayendo,
ya levantando o subiendo
el pie flaco y dolorido;
y sobre un flotante nido
de yajá (columna bella,
que entre la paja descuella,
como edificio construido
por mano hábil) se sentaron
a descansar o morir.

Súbito allí desmayaron
los espíritus vitales
de Brián a lanío sufrir;
y en los brazos de María,
que inmóvil permanecía,
cayó muerto al parecer.
¡Cómo palabras mortales
pintar al vivo podrán
el desaliento y angustias
o las imágenes mustias
que el alma atravesarán
de aquella infeliz mujer,
flor hermosa y delicada,
perseguida y conculcada
por cuantos males tiranos
dio en herencia a los humanos
inexorable poder!

Pero, a cada golpe injusto,
retoñece más robusto
de su noble alma el valor;
y otra vez, con paso fuerte,
huella el fango, do la muerte
disputa un resto de vida
a indefensos animales,
y rompiendo enfurecida
los espesos matorrales,
camino a un sordo rumor
que oye próximo, y mirando
el hondo cauce anchuroso
de un arroyo que copioso

entre la paja corría,
se volvió atrás, exclamando
arrobada de alegría:
—¡Gracias te doy. Dios Supremo!
¡Brián se salva; nada temo!—
Pronto llega al alto nido
donde yace su querido,
sobre sus hombros le carga,
y con vigor desmedido
lleva, lleva, a paso lento,
al puerto de salvamento
aquella preciosa carga.

Allí en la orilla verdosa
el inmoble cuerpo posa,
y los labios, frente y cara
en el agua fresca y clara
le embebe. Su aliento aspira
por ver si vivo respira;
trémula su pecho toca
y otra vez sienes y boca
le empapa. En sus ojos vivos
y en su semblante animado,
los matices fugitivos
de la apasionada guerra
que su corazón encierra,
se muestran. Brián recobrado
se mueve, incorpora, alienta,
y débil mirada lenta
clava en la hermosa María,
diciéndole: —Amada mía,

pensé no volver a verte,
y que este sueño sería
como el sueño de la muerte.
Pero tú, siempre velando,
mi vivir sustentas, cuando
yo en nada puedo valerte,
sino doblar la amargura
de tu extraña desventura.—
—Que vivas tan sólo quiero,
porque '—i mueres yo muero,
Brián mío: alienta, triunfamos:
en salvo y libres estamos:
no te aflijas. Bebe, bebe
esta agua cuyo frescor
el extenuado vigor
volverá a tu cuerpo en breve,
y esperemos con valor
de Dios el fin que imploramos.—

Dijo así y en la corriente
recoge agua. y diligente,
de sus miembros con esmero
se aplica a lavar primero
las dolorosas heridas,
las hondas llagas henchidas
de negra sangre cuajada,
y a sus inflamados pies
el lodo impuro. Y después
con su mano delicada
las venda Brián— silencioso
sufre el dolor con firmeza;

pero siente a la flaqueza
rendido el pecho animoso.

Ella entonces alimento
corre a buscar; y un momento,
sin duda. el Cielo piadoso
de aquellos tiernos amantes
infortunados y errantes,
quiso aliviar el tormento.

Sexta parte

La espera

¡Qué largas son las horas del deseo!

Moreto

Triste, obscura, encapotada
llegó la noche esperada;
la noche que ser debiera
su grata y fiel compañera;
y en el vasto pajonal
permanecen inactivos
los amantes fugitivos.
Su astro, al parecer, declina,
como la luz vespertina
entre sombra funeral.

Brián, por el dolor vencido
al margen yace tendido
del arroyo. Probó en vano
el paso firme y lozano
de su querida seguir;
sus plantas desfallecieron,
y sus heridas vertieron
sangre otra vez. Sintió entonces
como una mano de bronce
por sus miembros discurrir.

María espera a su lado,
con corazón agitado,
que amanecerá otra aurora
más bella y consoladora.
El amor le inspira fe
en destino más propicio,
y la oculta el precipicio
cuya idea sólo pasma:
el descarnado fantasma
de la realidad no ve.

Pasión vivaz la domina,
ciega pasión la fascina;
mostrando a su alma el trofeo
de su impetuoso deseo
le dice: "Tú triunfarás",
Ella infunde a su flaqueza
constancia allí y fortaleza.
Ella su hambre, su fatiga
y sus angustias mitiga
para devorarlas más.

Sin el amor que en sí entraña,
¿qué sería? Frágil cana
ser delicado, fina hebra.
que el más leve impulso quiebra;
sensible y flaca mujer.
Con él es ente divino
que pone a raya el Destino;
ángel poderoso y tierno
a quien no haría el Infierno
vacilar y estremecer.

De su querido no advierte
el mortal abatimiento,
ni cree se atreva la muerte
a sofocar el aliento
que hace vivir a los dos:
porque de su llama intensa
es la vida tan inmensa,
que o la muerte vencería.
y en sí eficacia tendría
para animar como Dios.

El amor es fe inspirada;
es religión arraigada
en lo íntima de la vida;
fuente inagotable, henchida
de esperanza, su anhelar
no halla obstáculo invencible
hasta conseguir victoria:
si se estrella en lo imposible,
gozoso vuela a la gloria
su heroica palma a buscar.

María no desespera,
porque su ahínco procura
para lo que ama, ventura;
y al infortunio supera
su imperiosa voluntad.
Mañana —el grito constante
de su corazón amante
le dice—, mañana el Cielo
hará cesar tu desvelo;
la nueva luz esperad.

La noche cubierta, en tanto,
camina en densa tiniebla,
y en el abismo de espanto
que aquellos páramos puebla,
ambos perdidos se ven.
Parda, rojiza, radiosa
una faja luminosa
forma horizonte no lejos;
sus amarillos reflejos
en lo obscuro hacen vaivén.

La llanura arder parece,
y que con el viento crece,
se encrespa, aviva y derrama
el resplandor y la llama
en el mar de lobreguez.
Aquel fuego colorado,
en tinieblas engolfado,
cuyo esplendor vaga horrendo,
era trasunto estupendo
de la infernal terriblez.

Brián, recostado en la hierba,
como ajeno de sentido,
nada ve. Ella un ruido
oye; pero sólo observa
la negra desolación
o las sombrías visiones
que engendran las turbaciones
de su espíritu. ¡Cuan larga
aquella noche y amarga
seria a su corazón!

Miró a su amante. Espantoso,
un bramido cavernoso
la hizo temblar, resonando:
era el tigre, que buscando
pasto a su saña feroz
en los densos matorrales,
nuevos presagios fatales
al infortunio traía.
En silencio, echó María
mano a su puñal, veloz.

Séptima parte

La quemazón

Voyez... dejà la flamme
en torrent se déploie.

Lamartine

El aire estaba inflamado;
turbia la región suprema,
envuelto el campo en vapor;
rojo el so!, y coronado
de parda oscura diadema,
amarillo resplandor
ni la atmósfera esparcía.
El bruto, el pájaro huía;
y agua la tierra pedía
sedienta y llena de ardor.

Soplando a veces el viento
limpiaba los horizontes,
y, de la tierra, brotar
de humo rojo y ceniciento
se veían como montes;
y en la llanura ondear,
formando espiras doradas
como lenguas inflamadas
o melenas encrespadas
de ardiente, agitado mar.

Cruzándose nubes densas,
por la esfera dilataban,
como cuando hay tempestad,
sus negras alas inmensas;
y más y más aumentaban
el pavor y obscuridad.
El cielo entenebrecido
el aire. el humo encendido,
eran. con el sordo ruido,
signo de calamidad.

El pueblo de lejos
contempla asombrado
los turbios reflejos,
del día enlutado
la ceñuda faz.
El humilde llora;
el piadoso implora;
se turba y azora
la malicia audaz.

Quien cree ser indicio
fatal, estupendo,
del día del juicio,
del día tremendo
que anunciado está,
Quien piensa que al mundo,
sumido en lo inmundo,
el Cielo iracundo
pone a prueba ya.

Era la plaga que cría
la devorante sequía
para estrago y confusión:
de la chispa de una hoguera
que llevó el viento ligera,
nació grande, cundió fiera
la terrible quemazón.

Ardiendo sus ojos
relucen, chispean;
en rubios manojos
sus crines ondean,
flameando también;
la tierra gimiendo
los bruto'; rugiendo,
los hombres huyendo
confusos la ven.

Sutil se difunde,
camina, se mueve,
penetra, se infunde;
cuanto toca, en breve
reduce a tizón.
Ella era; y pastales,
densos pajonales,
cardos y animales,
ceniza, humo son.

Raudal vomitando
venía de llama,
que hirviendo, silbando

se enrosca y derrama
con velocidad.
Sentada, María
con su Brián la veía:
—¡Dios mío! —decía—,
de nos ten piedad.—

Piedad María imploraba,
y piedad necesitaba
de potencia celestial.
Brián caminar no podía,
y la quemazón cundía
por el vasto pajonal.

Allí pábulo encontrando,
como culebra serpeando,
velozmente caminó;
y agitando, desbocada,
su crin de fuego erizada,
gigante cuerpo tomó.

Lodo. paja, restos viles
de animales y reptiles
quema el fuego vencedor,
que el viento iracundo atiza;
vuelan el humo y ceniza.
y el inflamado vapor,
al lugar donde, pasmados,
los cautivos desdichados,
con despavoridos ojos
están, su hervidero oyendo.

y las llamaradas viendo
subir en penachos rojos.

No hay cómo huir; no hay efugio,
esperanza ni refugio;
¿donde auxilio encontrarán?
Postrado Brián yace inmoble
como el orgulloso roble
que derribó el huracán.

Para ellos no existe el mundo.
Detrás, arroyo profundo
ancho se extiende, y delante.
formidable y horroroso,
alza la cresta furioso
mar de fuego devorante,

—Huye presto —Brián decía
con voz débil a María—,
déjame solo morir.
Este lugar es un horno:
huye, ¿no miras en torno
vapor cárdeno subir?—

Ella calla, o le responde:
—Dios largo tiempo no esconde
su divina protección.
¿.Crees tú nos haya olvidado?
Salvar tu vida ha jurado
o morir, mi corazón.—

Pero del Cielo era juicio
que en tan horrendo suplicio
no debían perecer;
y que otra vez de la muerte
inexorable, amor tuerte
triunfase, amor de mujer.

Súbito ella se incorpora
de la pasión que atesora
el espíritu inmortal
brota en su faz la belleza,
estampando fortaleza
de criatura celestial,

no sujeta a ley humana;
y como cosa liviana
carga el cuerpo amortecido
de su amante, y con él junto,
sin cejar, se arroja al punto
en el arroyo extendido.

Cruje el agua, y suavemente
surca la mansa corriente
con el tesoro de amor,
Semejante a ondina bella,
su cuerpo airoso descuella,
y hace. nadando, rumor.

Los cabellos atezados,
sobre sus hombros nevados,
sueltos, reluciendo van;

boga con un brazo lenta,
y con el otro sustenta,
a flor. el cuerpo de Brián.
Aran la corriente unidos,
como dos cisnes queridos
que huyen del águila cruel,
cuya garra siempre lista,
desde la nube se alista
a separar su amor fiel.

La suerte injusta se afana
en perseguirlos— Ufana
en la orilla opuesta el pie
pone María triunfante,
y otra vez libre a su amante
de horrenda agonía ve.

¡Oh. del amor maravilla!
En sus bellos ojos brota
del corazón gota a gota
el tesoro sin mancilla,
celeste, inefable unción;
sale en lágrimas deshecho
su heroico amor satisfecho;
y su formidable cresta
sacude enrosca y enhiesta
la terrible quemazón.

Calmó después el violento
soplar del airado viento:
el fuego a paso más lento

surcó por el pajonal
sin tocar ningún escollo;
y a la orilla de un arroyo
a morir al cabo vino,
dejando en su ancho camino
negra y profunda señal.

Octava parte

Brián

Les guerriers et les coursiers eux mêmes
sant la pour attester les vitoires de mon brus
Je doits ma re renommée a mon glaive...

Antar

Pasó aquél, llegó otro día,
triste, ardiente, y todavía
desamparados como antes,
a los míseros amantes
encontró en el pajonal.
Brián, sobre el pajizo lecho
inmoble está, y en su pecho
arde fuego inextinguible;
brota en su rostro visible
abatimiento mortal.

Abrumados y rendidos,
sus ojos, como adormidos,
la luz esquivan, o absortos
en los pálidos abortos
de la conciencia (legión
que atribula al moribundo),
verán formas de otro mundo,
imágenes fugitivas,

o las claridades vivas
de fantástica región.

Triste a su lado María
revuelve en la fantasía
mil contrarios pensamientos,
y horribles presentimientos
la vienen allí a asaltar;
espectros que engendra el alma
cuando el ciego desvarío
de las pasiones se calma,
y perdida en el vacío
se recoge a meditar.

Allí, frágil navecilla
en mar sin fondo ni orilla,
do nunca ríe bonanza,
se encuentra, sin esperanza
de poder al fin surgir.
Allí ve su atan perdido,
por salvar a su querido,
y cuan lejano y nubloso
el horizonte radioso
está de su porvenir.

¡Cuan largo e incierto camino
la desdicha le previno!
¡Cuan triste peregrinaje!
Allí ve de aquel paraje
la yerta inmovilidad;
allí ya del desaliento

sufre el pausado tormento,
y. abrumada de tristeza,
al cabo a sentir empieza
su abandono y soledad.
  Echa la vista delante,
y al aspecto de su amante
desfallece su heroísmo;
la vuelve, y hórrido abismo
mira atónita detrás.
Allí apura la agonía
del que vio cuando dormía
Edén de ventura eterno,
y al despertar, un Infierno
que no imaginó jamás.

  En el empíreo nublado
llamea el sol colorado,
y en la llanura domina
la vaporosa calina,
el bochorno abrasador.
Brián sigue inmoble; y María
en formar se entretenía
de junco un denso tejido,
que guardase a su querido
de la intemperie y calor,

  cuando oyó. como el aliento
que al levantarse o moverse
hace animal corpulento.
crujir la paja y romperse
de un cercano matorral.

Miró. ¡Oh terror!, y acercarse
vio, con movimiento tardo
y hacia ella encaminarse
lamiéndose, un tigre pardo,
tinto en sangre; ¡atroz señal!

Cobrando ánimo al instante
se alzó María arrogante,
en mano el puñal desnudo.
vivo el mirar, y un escudo
formó de su cuerpo a Brián.
Llegó la fiera inclemente;
clavó en ella vista ardiente
y. a compasión ya movida,
o fascinada y herida
por sus ojos y ademán,

recta prosiguió el camino,
y al arroyo cristalino
se echó a nadar. ¡Oh, amor tierno!
De lo más frágil y eterno
se compaginó tu ser.
Siendo sólo afecto humano.
chispa fugaz, tu grandeza,
por impenetrable arcano,
es celestial. ¡Oh belleza!
No se anida tu poder

en tus lágrimas ni enojos;
sí, en los sinceros arrojos
de tu corazón amante.

María en aquel instante
se sobrepuso al terror,
pero cayó sin sentido
a conmoción tan violenta.
Bella como ángel dormido
la infeliz estaba exenta
de lanío afán y dolor.

Entonces, ¡ah!, parecía
que marchitado no había
la aridez de la congoja.
que a lo más bello despoja,
su frescura juvenil.
¡Venturosa si más largo
hubiera sido su sueño!
Brián despierta del letargo:
brilla matiz más risueño
en su rostro varonil.

Se sienta; extático mira,
como el que en vela delira;
lleva la mano a su frente
sudorífera y ardiente,
¿qué cosas su alma verá?
La luz. noche le parece;
tierra y cielo se obscurece;
y rueda en un torbellino
de nubes. —Este camino
lleno de espinas está:

y la llanura, María,
¿no ves cuan triste y sombría?
¿Donde vamos? A la muerte.
Triunfó la enemiga suerte,
dice delirando Brián—
¡Cuán caro mi amor te cuesta!
¡Y mi confianza funesta,
cuánta fatiga y ultrajes!
Pero pronto los salvajes
su deslealtad pagarán.

Cobra María el sentido
al oír de su querido
la voz, y en gozo nadando
se incorpora, en él clavando
su cariñosa mirada.
—Pensé dormías —le dice—,
y despertarte no quise.
Fuera mejor que durmieras
y del bárbaro no oyeras
la estrepitosa llegada.

¿Sabes? Sus manos lavaron,
con infernal regocijo
en la sangre de mi hijo;
mis valientes degollaron.
Como el huracán pasó,
desolación vomitando;
su vigilante perfidia,
obra es del inicuo bando.
¡Qué dirá la torpe envidia'
Ya mi gloria se eclipsó.

De paz con ellos estaba,
y en la villa descansaba.
Oye; no te fíes; vela;
lanza, caballo y espuela
siempre lista has de tener.
Mira dónde me han traído;
alado estoy y ceñido;
no me es dado levantarme,
ni valerte ni vengarme,
ni batallar ni vencer.

Venga, venga mi caballo;
mi caballo por la vida;
venga mi lanza fornida,
que yo basto a ese tropel.
Rodeado de picas me hallo;
Paso, canalla traidora,
que mi lanza vengadora
castigo os dará cruel.

¿No miráis la polvareda
que del llano se levanta?
¿No sentís lejos la planta
de los brutos retumbar?
La tribu es, huyendo leda,
como carnicero lobo,
con los despojos del robo,
no de intrépido lidiar.

Mirad ardiendo la villa
y degollados, dormidos,

nuestros hermanos queridos
por la mano del infiel.
¡Oh mengua! ¡Oh rabia! ¡Oh mancilla!
Venga mi lanza ligero,
mi caballo parejero;
daré alcance a ese tropel.—

Se alzó Brián enajenado,
y su bigote erizado
se mueve; chispean, rojos
como centellas, sus ojos
que hace el entusiasmo arder:
el rostro y talante fiero,
do resalla con viveza
el valor y la nobleza,
la majestad del guerrero
acostumbrado a vencer.

Pero al punto desfallece.
Ella, atónita, enmudece,
ni halla voz su sentimiento;
en tan solemne momento
flaquea su corazón.
El sol pálido declina:
en la cercana colina
triscan las gamas y ciervos.
y de caranchos y cuervos
grazna la impura legión,

de cadáveres avara,
cual si muerte presagiara.

así la caterva estulta.
vil al heroísmo insulta,
que triunfante veneró.
María tiembla. Él, alzando
la vista al cielo y tomando
con sus manos casi heladas
las de su amiga, adoradas,
a su pecho las llevó.

Y con voz débil le dice:
—Oye, de Dios es arcano
que más tarde o más temprano
lodos debemos morir.
Insensato el que maldice
la ley que a todos iguala;
hoy el término señala
a mi robusto vivir.

¡Resígnate! Bien venida
siempre, mi amor, fue la muerte,
para el bravo, para el fuerte,
que a la patria y al honor
joven consagró su vida.
¿Qué es ella? Una chispa, nada,
con ese sol comparada,
raudal vivo de esplendor.

La mía brillo un momento,
pero a la patria sirviera;
también mi sangre corriera
por su gloria y libertad,

Lo que me da sentimiento
es que de ti me separo,
dejándote sin amparo
aquí en esta soledad.

Otro premio merecía
tu amor y espíritu brioso,
y galardón más precioso
hoy me arranca la corona
que insensato ambicioné.
Pero, ¡ay Dios!, la suerte mía
de otro modo se eslabona,
te destinaba mi fe.

¡Si al menos la azul bandera
sombra a mi cabeza diese,
o antes por la patria fuese
aclamado vencedor!
¡Oh destino! Quién pudiera
morir en la lid, oyendo
el alarido y estruendo,
la trompeta y alambor.

Tal gloria no he conseguido;
mis enemigos triunfaron;
pero mi orgullo no ajaron
los favores del poder.
¡Qué importa! Mi brazo ha sido
terror del salvaje fiero:
los Andes vieron mi acero
con honor resplandecer.

¡Oh estrépito de las armas!
¡Oh embriaguez de la victoria!
¡Oh campos, sonada gloria!
¡Oh lances del combatir!
Inesperadas alarmas,
patria, honor, objetos caros.
ya no volveré a gozaros;
joven yo debo morir.

Hoy es el aniversario
de mi primera batalla,
y en tomo a mí todo calla...
¡Guarda en tu pecho mi amor,
nadie llegue a su santuario...!
Aves de presa parecen...
ya mis ojos se oscurecen...
pero allí baja un cóndor...

Y huye el enjambre insolente.
Adiós, en vano te aflijo...
¡Vive, vive para tu hijo!
Dios te impone ese deber,
Sigue, sigue al occidente
tu trabajosa jornad...
Adiós, en otra morada
nos volveremos a ver.—

Callo Brián, y en su querida
clavó mirada tan bella,
tan profunda y dolorida,
que toda el alma por ella

al parecer exhaló.
El crepúsculo esparcía
en el desierto luz mustia,
Del corazón de María,
el desaliento y angustia
solo el Cielo penetró.

Novena parte

María

Morte bella parea nel suo bel viso.

Petrarca

¿Qué hará María? En la tierra
ya no se arraiga su vida.
¿Donde irá? Su pecho encierra
tan honda y vivaz herida,
tanta congoja y pasión,
que para ella es infecundo
todo consuelo del mundo,
burla horrible su contento;
su compasión un tormento;
su sonrisa una irrisión.

¿Qué le importan sus placeres,
su bullicio y vanagloria,
si ella entre todos los seres,
como desechada escoria,
lejos, olvidada está?
¿En qué corazón humano,
en qué límite del orbe,
el tesoro soberano,
que sus potencias absorbe,
ya perdido encontrará?

Nace del sol la luz pura,
y una fresca sepultura
encuentra: lecho postrero,
que al cadáver del guerrero
preparó el más fino amor,
Sobre ella hincada, María,
muda como estatua fría,
inclinada la cabeza,
semejaba a la tristeza
embebida en su dolor.

Sus cabellos renegridos
caen por los hombros tendidos,
y sombrean de su frente,
su cuello y rostro inocente,
la nevada palidez,
No suspira allí, ni llora;
pero como ángel que implora
para miserias del suelo
una mirada del Cielo.
hace esta sencilla prez:

—Ya en la tierra no existe
el poderoso brazo
donde hallaba regazo
mi enamorada sien:
Tú, ¡oh Dios!, no permitirse
que mi amor lo salvase,
quisiste que volase,
donde florece el bien.

Abre, Señor, a su alma,
tu seno regalado,
del bienaventurado
reciba el galardón.
Encuentre allí la calma,
encuentre allí la dicha
que busca en su desdicha
mi viudo corazón.—

Dice, Un punto su sentido
queda como sumergido.
Echa la postrer mirada
sobre la tumba callada
donde toda su alma está.
Mirada llena de vida
pero lánguida, abatida,
como la última vislumbre
de la agonizante lumbre,
falta de alimento ya.

Y alza luego la rodilla
y, tomando por la orilla
del arroyo hacia el ocaso,
con indiferente paso
se encamina al parecer.
Pronto sale de aquel monte
de paja, y mira adelante
ilimitado horizonte.
llanura y cielo brillante,
desierto y campo doquier.

¡Oh noche! ¡Oh fúlgida estrella,
luna solitaria y bella:
sed benignas! El indicio
de vuestro influjo propicio
siquiera una vez mostrad.
Bochornos, cálidos vientos,
inconstantes elementos
preñados de temporales:
apiadaos; fieras fatales,
su desdicha respetad.

Y Tú, ¡oh Dios!, en cuyas manos
de los míseros humanos
está el oculto destino
siquiera un rayo Divino
haz a su esperanza ver.
Vacilar, de alma sencilla,
que resignada se humilla,
no hagas la fe acrisolada;
susténtala en su jornada.
no la dejes perecer.

¡Adiós, pajonal funesto!
¡Adiós, pajonal la oigo!
Se va ella sola. ¡Cuan presto
de su júbilo, testigo,
y su luto fuiste vos!
El sol y la llama impía
marchitaron tu ufanía;
pero hoy tumba de un soldado
eres. y asilo sagrado.
¡Pajonal glorioso, adiós!

Gózate; ya no se anidan
en ti las aves parleras,
ni tu agua y sombra convidan
sólo a los brutos y fieras:
soberbio debes estar.
El valor y la hermosura,
ligados por la ternura,
en ti hallaron refrigerio:
de su infortunio el misterio
tú sólo puedes contar.

Gózate; votos, ni ardores
de felices amadores,
tu esquividad no turbaron
sino voces que confiaron
a tu silencio su mal.
En la noche tenebrosa,
con los ásperos graznidos
de la legión ominosa,
oirás oyes y gemidos:
¡Adiós, triste pajonal!

De ti María se aleja,
y en tus soledades deja
toda su alma. Agradecido,
el depósito querido
guarda y conserva. Quizá,
mano generosa y pía
venga a pedírtelo un día;
quizá la viva palabra
un monumento le labra
que el tiempo respetará.

Día y noche ella camina;
y la estrella matutina,
caminando solitaria,
sin articular plegaria,
sin descansar ni dormir,
la ve. En su planta desnuda
brota la sangre y chorrea;
pero toda ella. sin duda,
va absorta en la única idea
que alimenta su vivir.

En ella encuentra sustento.
Su garganta es viva fragua;
un volcán su pensamiento;
pero mar de hielo y agua
refrigerio inútil es
para el incendio que abriga.
Insensible a la fatiga;
a cuanto ve indiferente;
como mísera demente
mueve sus heridos pies

por el desierto. Adormida
está su orgánica vida;
pero la vida de su alma
fomenta en si aquella calma
que sigue a la tempestad,
cuando el ánimo cansado
del afán violento y duro,
al parecer resignado,
se abisma en el fondo obscuro,
de su propia soledad.

Tremebundo precipicio,
fiebre lenta y devorante,
último efugio, suplicio
del Infierno, semejante
a la postrer convulsión
de la víctima en tormento:
trance que si dura un día
anonada el pensamiento,
encanece, o deja fría
la sangre en el corazón.

Dos soles pasan— ¿Adonde
tu poder, ¡oh Dios!, se esconde?
¿Está por ventura, exhausto?
¿Más dolor en holocausto
pide a una flaca mujer?
No; de la quieta llanura
ya se remonta a la altura
gritando el yajá; —Camina;
oye la voz peregrina
que te viene a socorrer.—

¡Oh, ave de la pampa hermosa.
cómo te meces ufana!
Reina, sí. reina orgullosa
eres, pero no tirana
como el águila fatal.
Tuyo es también del espacio
el transparente palacio.
Si ella en las rocas se anida.
tú en la esquivez escondida
de algún vasto pajonal.

De la víctima el gemido,
el huracán y el tronido
ella busca, y deleite halla
en los campos de batalla,
Pero tú, la tempestad,
día y noche vigilante,
anuncias al gaucho errante;
tu grito es de buen presagio,
al que asechanza o naufragio
teme de la adversidad.

Oye sonar en la esfera
la voz del ave agorera,
oye, María, infelice
-¡Alerta, alerta! -te dice-,
aquí está tu salvación. -
¿No la ves como en el aire
balancea con donaire
su cuerpo albo-ceniciento?
¿No escuchas su ronco acento?
Corre a calmar tu aflicción.

Pero nada ella divisa,
ni el feliz reclamo escucha;
y caminando va aprisa.
El demonio con que lucha
lo turba, impele y amaga.
Turbios, confusos y rojos
se presentan a sus ojos
cielo, espacio, sol, verdura,
quieta insondable llanura
donde sin brújula vaga.

Mas. ¡ah!, que en vivos corceles
un grupo de hombres armados
se acerca. ¿Serán infieles,
enemigos? No, soldados
son del desdichado Brián.
Llegan; su vista se pasma;
ya no es la mujer hermosa.
sino pálido fantasma;
mas reconocen la esposa
de su fuerte capitán,

¡Creíanla cautiva o muerta!
Grande fue su regocijo.
Ella los mira, y despierta:
-¿No sabéis qué es de mi hijo?
-con toda el alma exclamó.
Tristes mirando a María
lodos el labio sellaron.
Mas luego una voz impía:
-Los indios lo degollaron
-roncamente articuló.

Y al oír tan crudo acento.
como quiebra seco tallo
el menor soplo del viento,
o como herida de! rayo.
cayó la infeliz allí.
Viéronla caer, turbados,
los animosos soldados.
Una lágrima la dieron;
y funerales la hicieron
dignos de contarse aquí.

Aquella trama formada
de la hebra más delicada,
cuyo espíritu robusto
lo más acerbo e injusto
de la adversidad probó,
un soplo débil deshizo.
Dios para amar, sin duda, hizo
un corazón tan sensible;
palpitar le fue imposible
cuando a quien amar no halló.

Murió María. ¡Oh, voz fiera!
¡Cuál entraña te abortara!
Mover al tigre pudiera
su vista sola. y no hallara
en ti alguna compasión
tanta miseria y conflito,
ni aquel su materno grito;
y como flecha saliste;
y en lo más profundo heriste
su anhelante corazón.

Embates y oscilaciones
de un mar de tribulaciones
ella arrostró; y la agonía
saboreó su fantasía;
y el punzante frenesí
de la esperanza insaciable.
que en pos de un deseo vuela,
no alcanza el blanco inefable;
se irrita en vano y desvela;
vuelve a devorarse a si.

Una a una. todas bellas.
sus ilusiones volaron.
y sus deseos con ellas.
Sola y triste la dejaron
sufrir hasta enloquecer,
Quedaba a su desventura
un amor, una esperanza,
un astro en la noche obscura,
un destello de bonanza.
un corazón que querer.

Una voz cuya armonía
adormecerla podría;
a su llorar un testigo;
a su miseria un abrigo;
a sus ojos qué mirar.
Quedaba a su amor desnudo
un hijo. un vástago tierno,
Encontrarlo aquí no pudo,
y su alma al regazo eterno
lo fue volando a buscar.

Murió; por siempre cerrados
están sus ojos cansados
de errar por llanura y cielo,
de sufrir tanto desvelo.
de afanar sin conseguir.
El atractivo está yerto
de su mirar. Ya el desierto.
su último asilo, los rastros
de tan hechiceros asiros
no verá otra vez lucir.

Pero de ella aún hay vestigio.
¿No veis el raro prodigio?
Sobre su cándida frente
aparece suavemente
un prestigio encantador.
Su boca y tersa mejilla
rosada entre nieve brilla,
y revive en su semblante
la frescura rozagante
que marchitara el dolor.

La muerte a ella la quiso
y estampó en su rostro hermoso
aquel inefable hechizo,
inalterable reposo
y sonrisa angelical
que destellan las facciones
de una virgen en su lecho,
cuando las tristes pasiones
no han ajado de su pecho
la pura flor virginal.

Entonces el que la viera
dormida, ¡oh Dios!, la creyera
deleitándose en el sueño
con memorias de su dueño,
llenas de felicidad.
Soñando en la alba lucida
del banquete de la vida
que sonríe a su amor puro,
mas ¡ay! en el seno obscuro
duerme de la eternidad.

EPÍLOGO

Douce lumière, est tu leur âme?

Lamartine

¡Oh, María! Tu heroísmo,
tu varonil fortaleza,
tu juventud y belleza
merecieran fin mejor.
Ciegos de amor el abismo
fatal tus ojos no vieron,
y sin vacilar se hundieron
en él ardiendo en amor.

De la más cruda agonía
salvar quisiste a tu amante,
y lo viste delirante
en el desierto morir.
¡Cuál tu congoja sería!
¡Cuál tu dolor y amargura!
Y no hubo humana criatura
que te ayudase a sentir.

Se malogró tu esperanza.
y cuando sola te viste,
también mísera caíste
como árbol cuya raíz

en la tierra ya no afianza
su pampa y florido ornato.
Nada supo el mundo ingrato
de tu constancia infeliz.

Naciste humilde y oculta
como diamante en la mina
la belleza peregrina
de tu noble alma quedó.
El desierto la sepulta.
tumba sublime y grandiosa,
do el héroe también reposa
que la gozó y admiró.

El destino de tu vida
fue amar; amor tu delirio;
amor causó tu martirio,
te dio sobrehumano ser;
y amor. en edad florida,
sofocó la pasión tierna,
que. omnipotencia, de eterna
trajo consigo al nacer.

Pero no triunfa el olvido,
de amor. ¡oh, bella María!,
que la virgen poesía
corona te forma ya
de ciprés, entretejido
con flores que nunca mueren;
y que admiren y veneren
tu nombre y su nombre hará.

Hoy, en la vasta llanura,
inhospitable morada
que no siempre sosegada
mira el astro de la luz;
descollando en una altura.
entre agreste flor y hierba,
hoy el caminante observa
una solitaria cruz.

Fórmale grata techumbre
la copa extensa y tupida
de un ombú donde se anida
la altiva águila real;
y la varia muchedumbre
de aves, que cría el desierto,
se pone en ella a cubierto
del frío y sol estival.

Nadie sabe cuya mano
plantó aquel árbol benigno,
ni quién a su sombra el signo
puso de la redención.
Cuando el cautivo cristiano
se acerca a aquellos lugares,
recordando sus hogares
se postra a hacer oración.

Fama es que la tribu errante,
si hasta allí llega embebida
en la caza apetecida
de la gama y avestruz.

al ver del ombú gigante
la verdosa cabellera,
suelta al potro la carrera
gritando: -¡ Allí está la cruz !-

Y revuelve atrás la vista,
como quien huye aterrado.
creyendo se alza el airado,
terrible espectro de Brián.
Pálido el indio exorcista,
el fatídico árbol nombra,
ni a hollar se atreven su sombra
los que de camino van.

También el vulgo asombrado
cuenta que en la noche obscura
suelen en aquella altura
dos luces aparecer;
que salen y habiendo errado
por el desierto tranquilo,
juntas a su triste asilo
vuelven al amanecer.

Quizá mudos habitantes
serán de! páramo aerio;
quizá espíritus, ¡misterio!,
visiones del alma son.
Quizá los sueños brillantes
de la inquieta fantasía,
forman coro en la armonía
de la invisible creación.

El matadero

A pesar de que la mía es historia, no la empezaré por el arca de Noé y la genealogía de sus ascendientes como acostumbraban hacerlo los antiguos historia- dores españoles de América, que deben ser nuestros prototipos. Tengo muchas razones para no seguir ese ejemplo, las que callo por no ser difuso. Diré solamente que los sucesos de mi narración pasaban por los años de Cristo de 183..... Estábamos, a más, en cuaresma, época en que escasea la carne en Buenos Aires, porque la Iglesia, adoptando el precepto de Epicteto, sustine, obstine (sufre, abstente), ordena vigilia y abstinencia a los estómagos de los fieles a causa de que la carne es pecaminosa, y, como dice el proverbio, busca a la carne. Y como la Iglesia tiene ab initio, y por delegación directa de Dios, el imperio inmaterial sobre las conciencias y los estómagos, que en manera alguna pertenecen al individuo, nada más justo y racional que vede lo malo.

Los abastecedores, por otra parte, buenos federales, y por lo mismo buenos católicos, sabiendo que el pueblo de Buenos Aires atesora una docilidad singular para someterse a toda especie de mandamiento, sólo traen en días cuaresmales al matadero los novillos necesarios para el sustento de los niños y los enfermos dispensados de la abstinencia por la bula y no con el ánimo de que se harten algunos herejotes, que no faltan, dispuestos siempre a violar los mandamientos carnificinos de la Iglesia, y a contaminar la sociedad con el mal ejemplo.

Sucedió, pues, en aquel tiempo, una lluvia muy copiosa. Los caminos se anegaron; los pantanos se pusieron a nado y las calles de entrada y salida a la ciudad rebasaban en acuoso barro. Una tremenda avenida se precipitó de repente por el Riachuelo de Barracas, y extendió majestuosamente sus turbias aguas hasta el pie de las barrancas del Alto. El Plata, creciendo embravecido, empujó esas aguas que venían buscando su cauce y las hizo correr hinchadas por sobre campos, terraplenes, arboledas, caseríos, y extenderse como un lago inmenso por todas las bajas tierras. La ciudad circunvalada del norte al oeste por una cintura de agua y barro, y al sur por un piélago blanquecino en cuya superficie flotaban a la ventura algunos barquichuelos y negreaban las chimeneas y las copas de los árboles, echaba desde sus torres y barrancas atónitas miradas al horizonte como implorando la protección del Altísimo. Parecía el amago de un nuevo diluvio. Los beatos y beatas gimoteaban haciendo novenarios y continuas plegarias. Los predicadores atronaban el templo y hacían crujir el pulpito a puñetazos. "Es el día del juicio—decían—, el fin del mundo está por venir. La cólera divina rebosando se derrama en inundación. ¡Ay de vosotros, pecadores! ¡Ay de vosotros, unitarios impíos que os mofáis de la Iglesia, de los santos, y no escucháis con veneración la palabra de los ungidos del Señor! ¡Ay de vosotros si no imploráis misericordia al pie de los altares! Llegará la hora tremenda del vano crujir de dientes y de las frenéticas imprecaciones. Vuestra impiedad, vuestras herejías, vuestras blasfemias, vuestros crímenes horrendos, han traído sobre nuestra tierra las plagas del Señor. La justicia del Dios de la Federación os declarará malditos".

Las pobres mujeres salían sin aliento, anonadadas del

templo, echando, como era natural, la culpa de aquella calamidad a los unitarios.

Continuaba, sin embargo, lloviendo a cántaros, y la inundación crecía, acreditando el pronóstico de los predicadores. Las campanas comenzaron a tocar rogativas por orden del muy católico Restaurador, quien parece no las tenía todas consigo. Los libertinos, los incrédulos, es decir, los unitarios, empezaron a amedrentarse al ver tanta cara compungida, oír tanta batahola de imprecaciones. Se hablaba ya, como de cosa resuelta, de una procesión en que debía ir toda la población descalza y a cráneo descubierto, acompañando al Altísimo, llevado bajo palio por el obispo, hasta la barranca de Balcarce, donde millares de voces conjurando al demonio unitario de la inundación, debían implorar la misericordia divina.

Feliz, o mejor, desgraciadamente, pues la cosa habría sido de verse, no tuvo efecto la ceremonia, porque bajando el Plata, la inundación se fue poco a poco escurriendo en su inmenso lecho, sin necesidad de conjuro ni plegarias.

Lo que hace principalmente a mi historia es que por causa de la inundación estuvo quince días el matadero de la Convalecencia sin ver una sola cabeza vacuna, y que en uno o dos, todos los bueyes de quinteros y aguateros se consumieron en el abasto de la ciudad. Los pobres niños y enfermos se alimentaban con huevos y gallinas, y los gringos y herejotes bramaban por el beefsteak y el asado. La abstinencia de carne era general en el pueblo, que nunca se hizo más digno de la bendición de la Iglesia, y así fue que llovieron sobre él millones y millones de indulgencias plenarias. Las gallinas se pusieron a seis pesos y los huevos a cuatro reales, y el pescado carísimo. No hubo en aquellos días cuaresmales promiscuaciones ni excesos de gula; pero, en cambio, se fueron derecho al cielo innumerables ánimas, y acontecieron cosas que parecen soñadas.

No quedó en el Matadero ni un solo ratón vivo de muchos millares que allí tenían albergue. Todos murieron o de hambre o ahogados en sus cuevas por la incesante lluvia. Multitud de negras rebusconas de achuras, como los caranchos de presa, se desbandaron por la ciudad como otras tantas arpías prontas a devorar cuanto hallaran comible. Las gaviotas y los perros, inseparables rivales suyos en el Matadero, emigraron en busca de alimento animal. Porción de viejos achacosos cayeron en consunción por falta de nutritivo caldo; pero lo más notable que sucedió fue el fallecimiento casi repentino de unos cuantos gringos herejes, que cometieron el desacato de darse un hartazgo de chorizos de Extremadura, jamón y bacalao, y se fueron al otro mundo a pagar el pecado cometido por tan abominable promiscuación.

Algunos médicos opinaron que, si la carencia de carne continuaba, medio pueblo caería en síncope por estar los estómagos acostumbrados a su corroborante jugo; y era de notar el contraste entre estos tristes pronósticos de la ciencia y los anatemas lanzados desde el pulpito por los reverendos padres contra toda clase de nutrición animal y de promiscuación en aquellos días destinados por la Iglesia al ayuno y la penitencia. Se originó de aquí una especie de guerra intestina entre los estómagos y las conciencias, atizada por el inexorable apetito, y las no menos inexorables vociferaciones de los ministros de la Iglesia, quienes, como es su deber, no transigen con vicio alguno que tienda a relajar las costumbres católicas, a lo que se agregaba el estado de flatulencia intestinal de los habitantes, producido por el pescado y los porotos y otros alimentos algo indigestos.

Esta guerra se manifestaba por sollozos y gritos descompasados en la peroración de los sermones y por rumores y estruendos subitáneos en las casas y calles de la ciudad o dondequiera concurrían gentes. Alarmóse un tanto el gobierno, tan paternal como previsor, del Restaurador, creyendo aquellos tumultos de origen revolucionario y atribuyéndolos a los mismos salvajes unitarios, cuyas impiedades, según los predicadores federales, habían traído sobre el país la inundación de la cólera divina; tomó activas providencias, desparramó sus esbirros por la población y por último, bien informado, promulgó un decreto tranquilizador de las conciencias y de los estómagos, encabezado por un considerando muy sabio y piadoso para que a todo trance, y arremetiendo por agua y lodo, se trajese ganado a los corrales.

En efecto, el decimosexto día de la carestía, víspera del día de Dolores, entró a nado, por el paso de Burgos, al Matadero del Alto una tropa de cincuenta novillos gordos; cosa poca, por cierto, para una población acostumbrada a consumir diariamente de 250 a 300, y cuya tercera parte al menos gozaría del fuero eclesiástico de alimentarse con carne. ¡Cosa extraña que haya estómagos privilegiados y estómagos sujetos a leyes inviolables, y que la Iglesia tenga la llave de los estómagos!

Pero no es extraño, supuesto que el diablo, con la carne, suele meterse en el cuerpo, y que la Iglesia tiene el poder de conjurarlo: el caso es reducir al hombre a una máquina cuyo móvil principal no sea su voluntad sino la de la Iglesia y el gobierno. Quizá llegue el día en que sea prohibido respirar aire libre, pasearse y hasta conversar con un amigo, sin permiso de autoridad competente. Así era, poco más o menos, en los felices tiempos de nuestros abuelos, que por desgracia vino a turbar la revolución de Mayo.

Sea como fuera, a la noticia de la providencia gubernativa, los corrales del Alto se llenaron, a pesar del barro, de carniceros, de achuradores y de curiosos, quienes recibieron con grandes vociferaciones y palmoteos los cincuenta novillos destinados al Matadero.

—Chica, pero gorda —exclamaban—. ¡Viva la Federación! ¡Viva el Restaurador!

Porque han de saber los lectores que en aquel tiempo la Federación estaba en todas partes, hasta entre las inmundicias del Matadero, y no había fiesta sin Restaurador como no hay sermón sin San Agustín. Cuentan que al oír tan desaforados gritos las últimas ratas que agonizaban de hambre en sus cuevas, se reanimaron y echaron a correr desatentadas, conociendo que volvían a aquellos lugares la acostumbrada alegría y la algazara precursora de abundancia.

El primer novillo que se mató fue todo entero de regalo al Restaurador, hombre muy amigo del asado. Una comisión de carniceros marchó a ofrecérselo en nombre de los federales del Matadero, manifestándole in voce su agradecimiento por la acertada providencia del gobierno, su adhesión ilimitada al Restaurador y su odio entrañable a los salvajes unitarios, enemigos de Dios y de los hombres. El Restaurador contestó a la arenga, rinforzando sobre el mismo tema, y concluyó la ceremonia con los correspondientes vivas y vociferaciones de los espectadores y actores. Es de creer que el Restaurador tuviese permiso especial de su Ilustrísima para no abstenerse de carne, porque siendo tan buen observador de las leyes, tan buen católico y tan acérrimo protector de la religión, no hubiera dado mal ejemplo aceptando semejante regalo en día santo.

Siguió la matanza, y en un cuarto de hora cuarenta y nueve novillos se hallaban tendidos en la plaza del Matadero, desollados unos, los otros por desollar. El espectáculo que ofrecía entonces era animado y pintoresco, aunque reunía todo lo horriblemente feo, inmundo y deforme de una pequeña clase proletaria peculiar del Río de la Plata. Pero para que el lector pueda percibirlo a un golpe de ojo, preciso es hacer un croquis de la localidad.

El Matadero de la Convalecencia del Alto, sito en las quintas del sur de la ciudad, es una gran playa en forma rectangular; colocada al extremo de dos calles, una de las cuales allí termina y la otra se prolonga hasta el este. Esta playa, con declive al sur, está cortada por un zanjón labrado por la corriente de las aguas pluviales, en cuyos bordes laterales se muestran innumerables cuevas de ratones y cuyo cauce recoge en tiempo de lluvia toda la sangraza seca o reciente del Matadero. En la junción del ángulo recto, hacia el oeste, está lo que llaman la casilla, edificio bajo, de tres piezas de media agua, con corredor al frente, que da a la calle, y palenque para atar caballos, a cuya espalda se notan varios corrales de palo a pique, de ñandubay, con sus fornidas puertas para encerrar el ganado.

Estos corrales son en tiempo de invierno un verdadero lodazal, en el cual los animales apeñuscados se hunden hasta el encuentro, y quedan como pegados y casi sin movimiento. En la casilla se hace la recaudación del impuesto de corrales, se cobran las multas por violación de reglamentos y se sienta el juez del Matadero, personaje importante, caudillo de los carniceros, y que ejerce la suma del poder en aquella pequeña república, por delegación del Restaurador. Fácil es calcular qué clase de hombre se requiere para el desempeño de semejante cargo. La casilla, por otra parte, es un edificio tan ruin y pequeño que nadie lo notaría en los corrales a no estar asociado su nombre al del terrible juez y no resaltar sobre su blanca cintura los siguientes letreros rojos: "Viva la Federación", "Viva el Restaurador y la heroína doña Encarnación Ezcurra", "Mueran los salvajes unitarios". Letreros muy significativos, símbolo de la fe política y religiosa de la gente del Matadero. Pero algunos lectores no sabrán que la tal heroína es la difunta esposa del Restaurador, patrona muy querida de los carniceros, quienes, ya muerta, la veneraban por sus virtudes cristianas y su federal heroísmo en la revolución contra Balcarce. Es el caso que, en un aniversario de aquella memorable hazaña de la Mazorca, los carniceros festejaron con un espléndido banquete, en la casilla, a la heroína, banquete a que concurrió con su hija y otras señoras federales, y que allí, en presencia de un gran concurso, ofreció a los señores carniceros, en un solemne brindis, su federal patrocinio, por cuyo motivo ellos la proclamaron entusiasmados patrona del Matadero, estampando su nombre en las paredes de la casilla, donde se estará hasta que lo borre la mano del tiempo.

La perspectiva del Matadero, a la distancia, era grotesca, llena de animación. Cuarenta y nueve reses estaban tendidas sobre sus cueros, y cerca de doscientas personas hollaban aquel suelo de lodo regado con la sangre de sus arterias. En torno de cada res resaltaba un grupo de figuras humanas de tez y raza distintas. La figura más prominente de cada grupo era el carnicero, con el cuchillo en mano, brazo y pecho desnudos, cabello largo y revuelto, camisa y chiripá, y rostro embadurnado de sangre. A sus espaldas se rebullían, caracoleando y siguiendo los movimientos, una comparsa de muchachos, de negras y mulatas achuradores, cuya fealdad trasuntaba las arpías de la fábula, y, entremezclados con ellas algunos enormes mastines olfateaban, gruñían o se daban de tarascones por la presa. Cuarenta y tantas carretas, toldadas con negruzco y pelado cuero, se escalonaban irregularmente a lo largo de la playa, y algunos jinetes, con el poncho calado y el lazo prendido al tiento, cruzaban por entre ellas, al tranco, o, reclinados sobre el pescuezo de los caballos, echaban ojo indolente sobre uno de aquellos animados grupos, al paso, que, más arriba, en el aire, un enjambre de gaviotas blanquiazules, que habían vuelto de la emigración al olor de carne, revoloteaban, cubriendo con su disonante graznido todos los ruidos y voces del Matadero y proyectando una sombra clara sobre aquel campo de horrible carnicería. Esto se notaba al principio de la matanza.

Pero a medida que adelantaba, la perspectiva variaba; los grupos se deshacían, venían a formarse tomando diversas actitudes y se desparramaban corriendo como si en medio de ellos cayese alguna bala perdida, o asomase la quijada de algún encolerizado mastín. Esto era que, inter, el carnicero en un grupo descuartizaba a golpe de hacha, colgaba en otro los cuartos en los ganchos de su carreta, despellejaba en éste, sacaba el sebo en aquél, de entre la chusma que ojeaba y aguardaba la presa de achura salía, de cuando en cuando, una mugrienta mano a dar un tarascón con el cuchillo al sebo o a los cuartos de la res, lo que originaba gritos y explosión de cólera del carnicero, y el continuo hervidero de los grupos, dichos y gritería descompasada de los muchachos.

—Ahí se mete el sebo en las tetas, la tía —gritaba uno.

—Aquél lo escondió en el alzapón —replicaba la negra.

—¡Che! negra bruja, salí de aquí antes de que te pegue un tajo —exclamaba el carnicero.

—¿Qué le hago, ño Juan? ¡No sea malo! Yo no quiero sino la panza y las tripas.

—Son para esa bruja: a la m...

—¡A la bruja! ¡A la bruja! —repitieron los muchachos—. ¡Se lleva la riñonada y el tongorí!

Y cayeron sobre su cabeza sendos cuajos de sangre y tremendas pelotas de barro.

Hacia otra parte, entre tanto, dos africanas llevaban arrastrando las entrañas de un animal; allá una mulata se alejaba con un ovillo de tripas y, resbalando de repente sobre un charco de sangre, caía a plomo, cubriendo con su cuerpo la codiciada presa. Acullá se veían acurrucadas en hilera cuatrocientas negras destejiendo sobre las faldas el ovillo y arrancando, uno a uno, los sebitos que el avaro cuchillo del carnicero había dejado en la tripa como rezagos, al paso que otras vaciaban panzas y vejigas y las henchían de aire de sus pulmones, para depositar en ellas, luego de secas, la achura.

Varios muchachos, gambeteando a pie y a caballo, se daban de vejigazos o se tiraban bolas de carne, desparramando, con ellas y su algazara, la nube de gaviotas que columpiándose en el aire, celebraba chillando la matanza. Oíanse a menudo, a pesar del veto del Restaurador y de la santidad del día, palabras inmundas y obscenas, vociferaciones preñadas de todo el cinismo bestial que caracteriza a la chusma de nuestros mataderos, con las cuales no quiero regalar a los lectores.

De repente caía un bofe sangriento sobre la cabeza de alguno, que de allí pasaba a la de otro, hasta que algún deforme mastín lo hacía buena presa, y una cuadrilla de otros, por si estrujo o no estrujo, armaba una tremenda de gruñidos y mordiscones. Alguna tía vieja salía furiosa en persecución de un muchacho que le había embadurnado el rostro con sangre, y acudiendo a sus gritos y puteadas, los compañeros del rapaz, la rodeaban y azuzaban como los perros al toro, y llovían sobre ella zoquetes de carne, bolas de estiércol, con groseras carcajadas y gritos frecuentes, hasta que el juez mandaba restablecer el orden y despejar el campo. Por un lado, dos muchachos se adiestraban en el manejo del cuchillo, tirándose horrendos tajos y reveses, por otro, cuatro, ya adolescentes, ventilaba a cuchilladas el derecho a una tripa gorda y un mondongo que habían robado a un carnicero; y no de ellos distantes, porción de perros, flacos ya de la forzosa abstinencia, empleaban el mismo medio para saber quién se llevaría un hígado envuelto en barro. Simulacro en pequeño era éste del modo bárbaro con que se ventilan en nuestro país las cuestiones y los derechos individuales y sociales. En fin, la escena que se representaba en el Matadero era para vista, no para escrita.

Un animal había quedado en los corrales, de corta y ancha cerviz, de mirar fiero, sobre cuyos órganos genitales no estaban conformes los pareceres, porque tenía apariencias de toro y de novillo. Llególe su hora. Dos enlazadores, a caballo, penetraron en el corral en cuyo contorno hervía la chusma a pie, a caballo y horqueteada sobre sus ñudosos palos. Formaban en la puerta el más grotesco y sobresaliente grupo, varios pialadores y enlazadores de a pie con el brazo desnudo y armados del certero lazo, la cabeza cubierta con un pañuelo punzó, y chaleco y chiripá colorado, teniendo a sus espaldas varios jinetes y espectadores de ojo escrutador y anhelante.

El animal, prendido ya al lazo por las astas, bramaba echando espuma, furibundo, y no había demonio que lo hiciera salir del pegajoso barro, donde estaba como clavado y era imposible pialarlo. Gritábanle, lo azuzaban en vano con las mantas y pañuelos los muchachos que estaban prendidos sobre las horquetas del corral, y era de oír la disonante batahola de silbidos, palmadas y voces, tiples y roncas, que se desprendían de aquella singular orquesta.

Los dicharachos, las exclamaciones chistosas y obscenas rodaban de boca en boca, y cada cual hacia alarde espontáneamente de su ingenio y de su agudeza, excitado por el espectáculo o picado por el aguijón de alguna lengua locuaz.

—Hijo de p... en el toro.

—Al diablo los torunos del Azul.

—Malhaya el tropero que nos da gato por liebre.

—Sí, es novillo.

—¿No está viendo que es toro viejo?

—Como toro le ha de quedar. ¡Muéstreme los c. si le parece, c...o!

—Ahí los tiene entre las piernas. ¿No los ve, amigo, más grandes que la cabeza de su castaño, o se ha quedado ciego en el camino?

—Su madre será la ciega, pues que tal hijo ha parido. ¿No ve que todo ese bulto es barro?

—Es emparrado y arisco como un unitario. —Y al oír esta mágica palabra, todos a una voz exclamaron: ¡Mueran los salvajes unitarios!

—Para el tuerto los h...

—Sí, para el tuerto, que es hombre de c... para pelear con los unitarios. El matahambre a Matasiete, degollador de unitarios. ¡Viva el Matasiete!

—A Matasiete el matahambre.

—Allá va —gritó una voz ronca, interrumpiendo aquellos desahogos de la cobardía feroz—. ¡Allá va el toro!

—¡Alerta! ¡Guarda los de la puerta! ¡Allá va furioso como un demonio!

Y, en efecto, el animal, acosado por los gritos y sobre todo por dos picanas agudas que le espoleaban la cola, sintiendo flojo el lazo, arremetió bufando a la puerta, lanzando a entre ambos lados una rojiza y fosfórica mirada. Diole el tirón el enlazador sentando su caballo, desprendió el lazo del asta, crujió por el aire un áspero zumbido, y al mismo tiempo se vio rodar desde lo alto de una horqueta del corral, como si un golpe de hacha la hubiese dividido a cercén, una cabeza de niño, cuyo tronco permaneció inmóvil sobre su caballo de palo, lanzando por cada arteria un largo chorro de sangre.

—¡Se cortó el lazo! —gritaron unos—. ¡Allá va el toro! Pero otros, deslumbrados y atónitos, guardaron silencio, porque todo fue como un relámpago.

Desparramóse un tanto el grupo de la puerta. Una parte se agolpó sobre la cabeza y el cadáver palpitante del muchacho degollado por el lazo, manifestando horror en su atónito semblante, y la otra parte, compuesta de jinetes que no vieron la catástrofe, se escurrió en distintas direcciones en pos del toro, vociferando y gritando;

—¡Allá va el toro! ¡Ataje! ¡Guarda!

—¡Enlaza, Sietepelos!

—¡Que te agarra, botija!

—¡Va furioso; no se le pongan delante!
—¡Ataja, ataja, morado!
—¡Dele espuela al mancarrón!
—¡Ya se metió en la calle Sola!
—¡Que lo ataje el diablo!

El tropel y vocería era infernal. Unas cuantas negras achuradoras, sentadas en hilera al borde del zanjón, oyendo el tumulto se acogieron y agazaparon entre las panzas y tripas que desenredaban y devanaban con la paciencia de Penélope, lo que sin duda las salvó, porque el animal lanzó al mirarlas un bufido aterrador, dio un brinco sesgado y siguió adelante perseguido por los jinetes. Cuentan que una de ellas se fue de cámaras; otra rezó diez salves en dos minutos, y dos prometieron a San Benito no volver jamás a aquellos malditos corrales y abandonar el oficio de achuradoras. No se sabe si cumplieron la promesa.

El toro, entre tanto, tomó hacia la ciudad por una larga y angosta calle que parte de la punta más aguda del rectángulo anteriormente descrito, calle encerrada por una zanja y un cerco de tunas que llaman Sola por no tener más de dos casas laterales, y en cuyo apozado centro había un profundo pantano que tomaba de zanja a zanja. Cierto inglés, de vuelta de su saladero vadeaba este pantano a sazón, paso a paso, en un caballo algo arisco, y, sin duda, iba tan absorto en sus cálculos que no oyó el tropel de jinetes ni la gritería sino cuando el toro arremetía el pantano. Azoróse de repente su caballo dando un brinco al sesgo y echó a correr dejando al pobre hombre hundido media vara en el fango. Este accidente, sin embargo, no detuvo ni frenó la carrera de los perseguidores del toro, antes al contrario, soltando carcajadas sarcásticas: "¡Se amoló el gringo!, ¡levántate, gringo!", exclamaron, cruzando el pantano, y amasaron con barro bajo las patas de sus caballos su miserable cuerpo. Saltó el gringo, como pudo, después, a la orilla, más con la apariencia de un demonio tostado por las llamas del infierno que un hombre blanco pelirrubio. Más adelante, al grito de ¡al toro, al toro!, cuatro negras achuradoras que se retiraban con su presa, se zambulleron en la zanja llena de agua, único refugio que les quedaba.

El animal, entre tanto, después de haber corrido unas veinte cuadras en distintas direcciones, azorando con su presencia a todo viviente, se metió por la tranquera de una quinta, donde halló su perdición. Aunque cansado, manifestaba brío y colérico ceno; pero rodeábalo una zanja profunda y un tupido cerco de pitas, y no había escape. Juntáronse luego sus perseguidores, que se hallaban desbandados, y resolvieron llevarlo en un señuelo de bueyes para que expiase su atentado en el lugar mismo donde lo había cometido.

Una hora después de su fuga, el toro estaba otra vez en el Matadero, donde la poca chusma que había quedado no hablaba sino de sus fechorías. La aventura del gringo en el pantano excitaba principalmente la risa y el sarcasmo. Del niño degollado por el lazo no quedaba sino un charco de sangre: su cadáver estaba en el cementerio.

Enlazaron muy luego por las astas al animal, que brincaba haciendo hincapié y lanzando roncos bramidos. Echáronle uno, dos, tres piales, pero infructuosos; al cuarto quedó prendido en una pata: su brío y su furia se redoblaron; su lengua, estirándose convulsiva, arrojaba espuma, su nariz humo, sus ojos miradas encendidas.

—¡Desjarreten ese animal! —exclamó una voz imperiosa. Matasiete se dio al punto del caballo, cortóle el garrón de una cuchillada y, gambeteando en torno de él, con su enorme daga en mano se la hundió al cabo hasta el puño en la garganta, mostrándola en seguida humeante y roja a los espectadores. Brotó un torrente de la herida, exhaló algunos bramidos roncos, vaciló y cayó el soberbio animal entre los gritos de la chusma que proclamaba a Matasiete vencedor y le adjudicaba en premio el matahambre. Matasiete extendió, como orgulloso, por segunda vez el brazo y el cuchillo ensangrentado, y se agachó a desollarlo con otros compañeros.

Faltaba por resolver la duda sobre los órganos genitales del muerto, clasificado provisoriamente de toro por su indomable fiereza, pero estaban todos tan fatigados de la larga tarea, que lo echaron por lo pronto en el olvido. Mas de repente una voz ruda exclamó:

—¡Aquí están los huevos! —Y sacando de la barriga del animal y mostrándolos a los espectadores exhibió dos enormes testículos, signo inequívoco de su dignidad de toro. La risa y la charla fue grande; todos los incidentes desgraciados pudieron fácilmente explicarse. Un toro en el Matadero era cosa muy rara, y aun vedada. Aquél, según reglas de buena policía, debía arrojarse a los perros; pero había tanta escasez de carne y tantos hambrientos en la población, que el señor Juez tuvo a bien hacer ojo lerdo.

En dos por tres estuvo desollado, descuartizado y colgado en la carreta el maldito toro. Matasiete colocó el matahambre bajo el pellón de su recado y se preparaba a partir. La matanza estaba concluida a las doce, y la poca chusma que había presenciado hasta el fin se retiraba en grupos de a pie y de a caballo, o tirando a la cincha algunas carretas cargadas de carne.

Mas de repente la ronca voz de un carnicero gritó:

—¡Allí viene un unitario! —y al oír tan significativa palabra toda aquella chusma se detuvo como herida de una impresión subitánea.

—¿No le ven la patilla en forma de U? No trae divisa en el fraque ni luto en el sombrero.

—Perro unitario.

—Es un cajetilla.

—Monta en silla como los gringos.

—La Mazorca con él.

—¡La tijera!

—Es preciso sobarlo.

—Trae pistoleras por pintar.

—Todos esos cajetillas unitarios son pintores como el diablo.

—¿A que no te le animas. Matasiete?

—¿A qué no?

—A que sí.

Matasiete era hombre de pocas palabras y de mucha acción. Tratándose de violencia, de agilidad, de destreza en el hacha, el cuchillo o el caballo, no hablaba y obraba. Lo habían picado: prendió la espuela a su caballo y se lanzó a brida suelta al encuentro del unitario.

Era éste un joven como de veinticinco años, de gallarda y bien apuesta persona, que, mientras salían en borbotones de aquellas desaforadas bocas las anteriores exclamaciones, trotaba hacia Barracas, muy ajeno de temer peligro alguno. Notando, empero, las significativas miradas de aquel grupo de dogos de matadero, echa maquinalmente la diestra sobre las pistoleras de su silla inglesa, cuando una pechada al sesgo del caballo de Matasiete lo arroja de los lomos del suyo, tendiéndolo a la distancia, boca arriba y sin movimiento alguno.

—¡Viva Matasiete! —exclamó toda aquella chusma, cayendo en tropel sobre la víctima como los caranchos rapaces sobre la osamenta de un buey devorado por el tigre.

Atolondrado todavía, el joven fue lanzando una mirada de fuego sobre aquellos hombres feroces, hacia su caballo, que permanecía inmóvil no muy distante, a buscar en sus pistolas el desagravio y la venganza. Matasiete, dando un salto, le salió al encuentro, y, con fornido brazo, asiéndolo de la corbata, lo tendió en el suelo, tirando al mismo tiempo la daga de la cintura y llevándola a su garganta.

Una tremenda carcajada y un nuevo viva estentóreo volvió a vitorearlo.

¡Qué nobleza de alma! ¡Qué bravura en los federales! ¡Siempre en pandillas cayendo como buitres sobre la víctima inerte!

—Degüéllalo, Matasiete; quiso sacar las pistolas. Degüéllalo como al toro.

—Pícaro unitario. Es preciso tusarlo.

—Tiene buen pescuezo para el violín.

—Tócale el violín.

—Mejor es la resbalosa.

—Probemos —dijo Matasiete, y empezó sonriendo a pasar el filo de su daga por la garganta del caído, mientras con la rodilla izquierda le comprimía el pecho y con la siniestra mano le sujetaba por los cabellos.

—No, no lo degüellen —exclamó de lejos la voz imponente del Juez del Matadero que se acercaba a caballo.

—A la casilla con él, a la casilla. Preparen la mazorca y las tijeras. ¡Mueran los salvajes unitarios! ¡Viva el Restaurador de las leyes!

—¡Viva Matasiete!

"¡Mueran!" "¡Vivan!" —repitieron en coro los espectadores, y, atándolo codo con codo, ente moquetes y tirones, entre vociferaciones e injurias, arrastraron al infeliz joven al banco del tormento, como los sayones al Cristo.

La sala de la casilla tenía en su centro una grande y fornida mesa de la cual no salían los vasos de bebida y los naipes sino para dar lugar a las ejecuciones y torturas de los sayones federales del Matadero. Notábase además, en un rincón, otra mesa chica con recado de escribir y un cuaderno de apuntes, y porción de sillas entre las que resaltaba un sillón de brazos destinado para el Juez. Un hombre, soldado en apariencia, sentado en una de ellas, cantaba al son de la guitarra la resbalosa, tonada de inmensa popularidad entre los federales, cuando la chusma, llegando en tropel al corredor de la casilla, lanzó a empellones al joven hacia el centro de la sala.

—A ti te toca la resbalosa —gritó uno.

—Encomienda tu alma al diablo.

—Está furioso como toro montaraz.

—Ya te amansará el palo.

—Es preciso sobarlo.

—Por ahora verga y tijera.

—Si no, la vela.

—Mejor será la mazorca.

—Silencio y sentarse —exclamó el Juez, dejándose caer sobre su sillón. Todos obedecieron, mientras el joven, de pie, encarando al Juez, exclamó con voz preñada de indignación:

—¡Infames sayones!, ¿qué intentan hacer de mí?

—¡Calma! —dijo sonriendo el Juez—, no hay que encolerizarse. Ya lo verás.

El joven, en efecto, estaba fuera de sí de cólera. Todo su cuerpo parecía estar en convulsión. Su pálido y amoratado rostro, su voz, su labio trémulo, mostraba el movimiento convulsivo de su corazón, la agitación de sus nervios. Sus ojos de fuego parecían salirse de la órbita, su negro y lacio cabello se levantaba erizado. Su cuello desnudo y la pechera de su camisa dejaban entrever el latido violento de sus arterias y la respiración anhelante de sus pulmones.

—¿Tiemblas? —le dijo el Juez.

—De rabia, porque no puedo sofocarte entre mis brazos.

—¿Tendrías fuerza y valor para eso?

—Tengo de sobra voluntad y coraje para ti, infame.

—A ver las tijeras de tusar mi caballo, túsenlo a. la fedérala.

Dos hombres le asieron, uno de la ligadura del brazo, otro de la cabeza y en un minuto cortáronle la patilla que poblaba toda su barba por bajo, con risa estrepitosa de sus espectadores.

—A ver —dijo el Juez—, un vaso de agua para que se refresque.

—Uno de hiel te daría yo a beber, infame. Un negro petiso púsosele al punto delante con un vaso de agua en la mano. Diole el joven un puntapié en el brazo y el vaso fue a estrellarse en el techo, salpicando el asombrado rostro de los espectadores.

—Éste es incorregible.

—Ya lo domaremos.

—Silencio —dijo el Juez—, ya estás afeitado a la fedérala, sólo te falta el bigote. Cuidado con olvidarlo. Ahora vamos a cuentas. ¿Por qué no traes divisa?

—Porque no quiero.

—¿No sabes que lo manda el Restaurador?

—La librea es para vosotros, esclavos, no para los hombres libres.

—A los libres se les hace llevar a la fuerza.

—Sí, la fuerza y la violencia bestial. Ésas son vuestras armas, infames. ¡El lobo, el tigre, la pantera, también son fuertes como vosotros! Deberíais andar como ellos, en cuatro patas.

—¿No temes que el tigre te despedace?

—Lo prefiero a que maniatado me arranquen, como el cuervo, una a una las entrañas.

—¿Por qué no llevas luto en el sombrero por la heroína?

—Porque lo llevo en el corazón por la patria que vosotros habéis asesinado, infames.

—¡Insolente! Te has embravecido mucho. Te haré cortar la lengua si chistas. Abajo los calzones a ese mentecato cajetilla, y a nalga pelada denle verga, bien atado sobre la mesa.

Apenas articuló esto el juez, cuatro sayones salpicados de sangre suspendieron al joven y lo tendieron largo a largo sobre la mesa comprimiéndole todos sus miembros.

—Primero degollarme que desnudarme, infame canalla.

Atáronle un pañuelo por la boca y empezaron a tironear sus vestidos. Encogíase el joven, pateaba, hacia rechinar los dientes. Tomaban ora sus miembros la flexibilidad del junco, ora la dureza del fierro y su espina dorsal era el eje de un movimiento parecido al de la serpiente. Gotas de sudor fluían por su rostro, grandes como perlas; echaban fuego sus pupilas, su boca espuma, y las venas de su cuello y frente negreaban en relieve sobre su blanco cutis como si estuvieran repletas de sangre.

—Átenlo primero —exclamó el Juez.

—Está rugiendo de rabia —articuló un sayón. En un momento liaron sus piernas en ángulo a los cuatro pies de la mesa, volcando su cuerpo boca abajo. Era preciso hacer igual operación con las manos, para lo cual soltaron las ataduras que las comprimían en la espalda. Sintiéndolas libres, el joven, por un movimiento brusco en el cual pareció agotarse toda su fuerza y vitalidad, se incorporó primero sobre sus brazos, después sobre sus rodillas, y se desplomó al momento murmurando:

—Primero degollarme que desnudarme, infame canalla. Sus fuerzas se habían agotado. Inmediatamente quedó atado en cruz y empezaron la obra de desnudarlo. Entonces un torrente de sangre brotó borbolloneando de la boca y las narices del joven, y extendiéndose empezó a caer a chorros por entrambos lados de la mesa. Los sayones quedaron inmóviles y los espectadores estupefactos. .

—Reventó de rabia el salvaje unitario —dijo uno.

—Tenía un río de sangre en las venas —articuló otro.

—Pobre diablo, queríamos únicamente divertirnos con él, y tomó la cosa demasiado en serio —exclamó el Juez frunciendo el ceño de tigre—. Es preciso dar parte; desátenlo y vamos.

Verificaron la orden; echaron llave a la puerta y en un momento se escurrió la chusma en pos del caballo del Juez cabizbajo y taciturno.

Los federales habían dado fin a una de sus innumerables proezas.

En aquel tiempo los carniceros degolladores del Matadero eran los apóstoles que propagaban a verga y puñal la Federación rosina, y no es difícil imaginarse qué Federación saldría de sus cabezas y cuchillas. Llamaban ellos salvaje unitario, conforme a la jerga inventada por el Restaurador, patrón de la cofradía, a todo el que no era degollador, carnicero, ni salvaje, ni ladrón; a todo hombre decente y de corazón bien puesto, a todo patriota ilustrado amigo de las luces y de la libertad; y por el suceso anterior puede verse a las claras que el foco de la Federación estaba en el Matadero.

Índice